Story of the Chinese Zodiac

El zodíaco chino

English/Spanish

Retold by **Monica Chang**   *Illustrated by* **Arthur Lee**

Spanish translation by **Beatriz Zeller**

遠流出版公司
YUAN-LIOU PUBLISHING CO.,LTD.

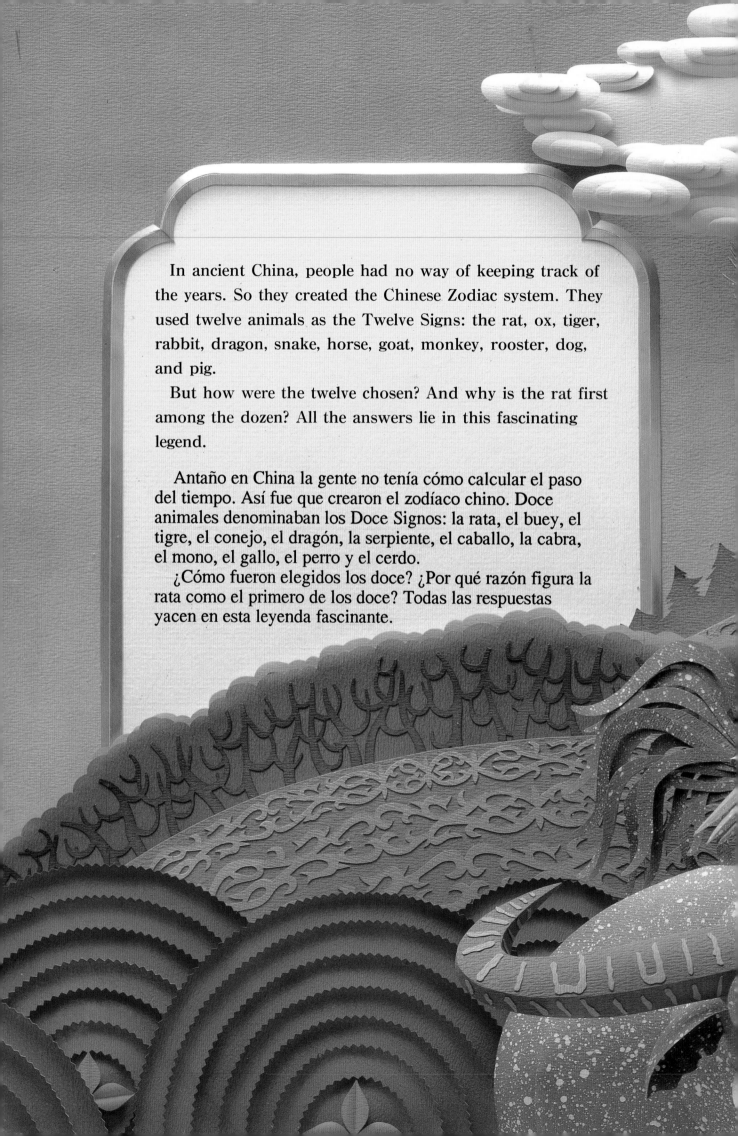

In ancient China, people had no way of keeping track of the years. So they created the Chinese Zodiac system. They used twelve animals as the Twelve Signs: the rat, ox, tiger, rabbit, dragon, snake, horse, goat, monkey, rooster, dog, and pig.

But how were the twelve chosen? And why is the rat first among the dozen? All the answers lie in this fascinating legend.

Antaño en China la gente no tenía cómo calcular el paso del tiempo. Así fue que crearon el zodíaco chino. Doce animales denominaban los Doce Signos: la rata, el buey, el tigre, el conejo, el dragón, la serpiente, el caballo, la cabra, el mono, el gallo, el perro y el cerdo.

¿Cómo fueron elegidos los doce? ¿Por qué razón figura la rata como el primero de los doce? Todas las respuestas yacen en esta leyenda fascinante.

In the old days, Cat and Rat were best friends.
They played and ate together, passing the days
in blissful joy.

Alguna vez, el Gato y la Rata fueron muy
buenos amigos. Jugaban y comían juntos y se
pasaban los días en completa dicha.

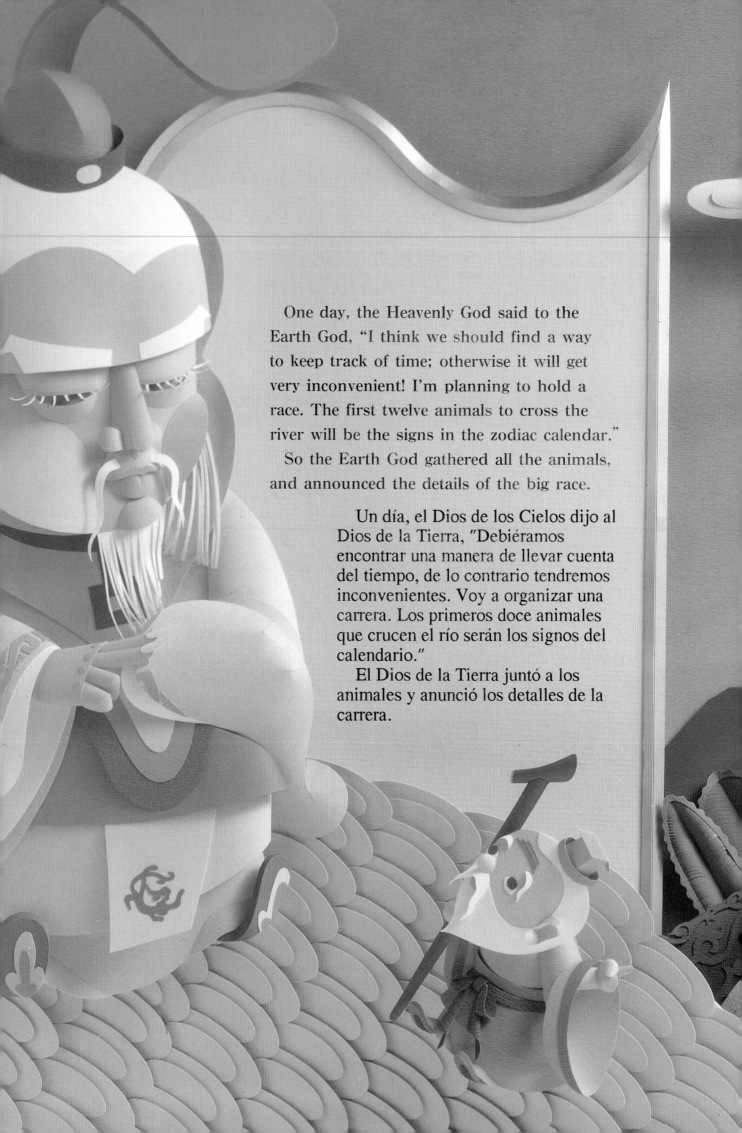

One day, the Heavenly God said to the Earth God, "I think we should find a way to keep track of time; otherwise it will get very inconvenient! I'm planning to hold a race. The first twelve animals to cross the river will be the signs in the zodiac calendar."

So the Earth God gathered all the animals, and announced the details of the big race.

Un día, el Dios de los Cielos dijo al Dios de la Tierra, "Debiéramos encontrar una manera de llevar cuenta del tiempo, de lo contrario tendremos inconvenientes. Voy a organizar una carrera. Los primeros doce animales que crucen el río serán los signos del calendario."

El Dios de la Tierra juntó a los animales y anunció los detalles de la carrera.

The animals chattered excitedly! Everyone wanted to join the race. The worried Cat said, "But I'm so afraid of water, I'll never reach the finish line!"

Just then, the Ox grumbled, "Why, with my poor eyesight, I can't even begin!"

The Rat heard this and quickly proposed, "Uncle Ox, can we sit upon your back, and guide you across the river together?" Ox considered the idea, and agreed.

¡Los animales parloteaban animadamente! Todos querían participar en la carrera. El Gato preocupado dijo, "Le tengo tanto miedo al agua, ¿cómo alcanzaré la meta?" El Buey refunfuñó, "Y yo, con mi mala vista, ¡no puedo ni empezar!"

Al oír eso la Rata propuso, "Señor Don Buey, ¿qué le parece si nos sentamos a su espalda y lo guiamos juntos hasta la otra ribera del río?" El Buey estuvo de acuerdo.

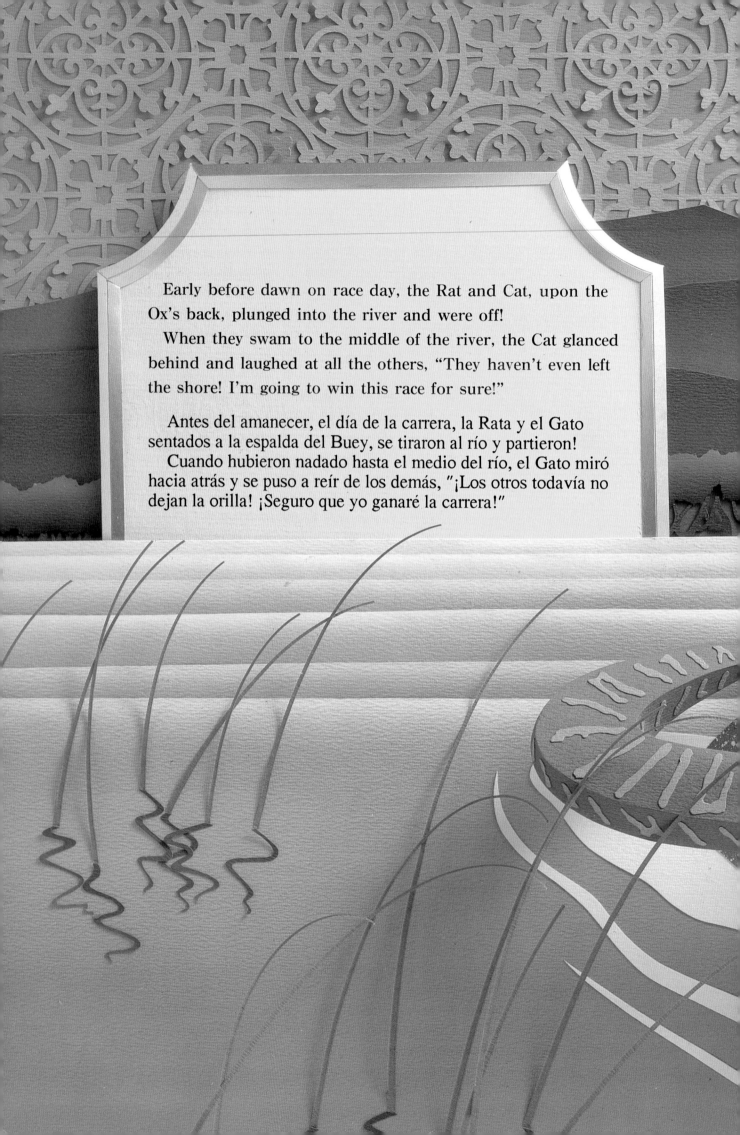

Early before dawn on race day, the Rat and Cat, upon the Ox's back, plunged into the river and were off!

When they swam to the middle of the river, the Cat glanced behind and laughed at all the others, "They haven't even left the shore! I'm going to win this race for sure!"

Antes del amanecer, el día de la carrera, la Rata y el Gato sentados a la espalda del Buey, se tiraron al río y partieron!

Cuando hubieron nadado hasta el medio del río, el Gato miró hacia atrás y se puso a reír de los demás, "¡Los otros todavía no dejan la orilla! ¡Seguro que yo ganaré la carrera!"

Before the Cat had even finished speaking, the Rat stole up from behind, and gave a sudden, mighty shove! SPLASH! The Cat fell face-first into the water!

No había terminado de hablar el Gato cuando la Rata se le acercó por detrás y de un sólo empujón echó al gato de bruces al agua!

Standing atop the Ox, little Rat roared with laughter, "Sooorry, Brother Cat! Have a nice swim! It was my idea, so first place should be mine!"

Parada encima del Buey, Doña Ratita se reía a carcajadas, "¡Disculpa, Hermano Gato! ¡Que te sea bonita la nadada! Como la idea era mía, seré yo quien llegue primero!"

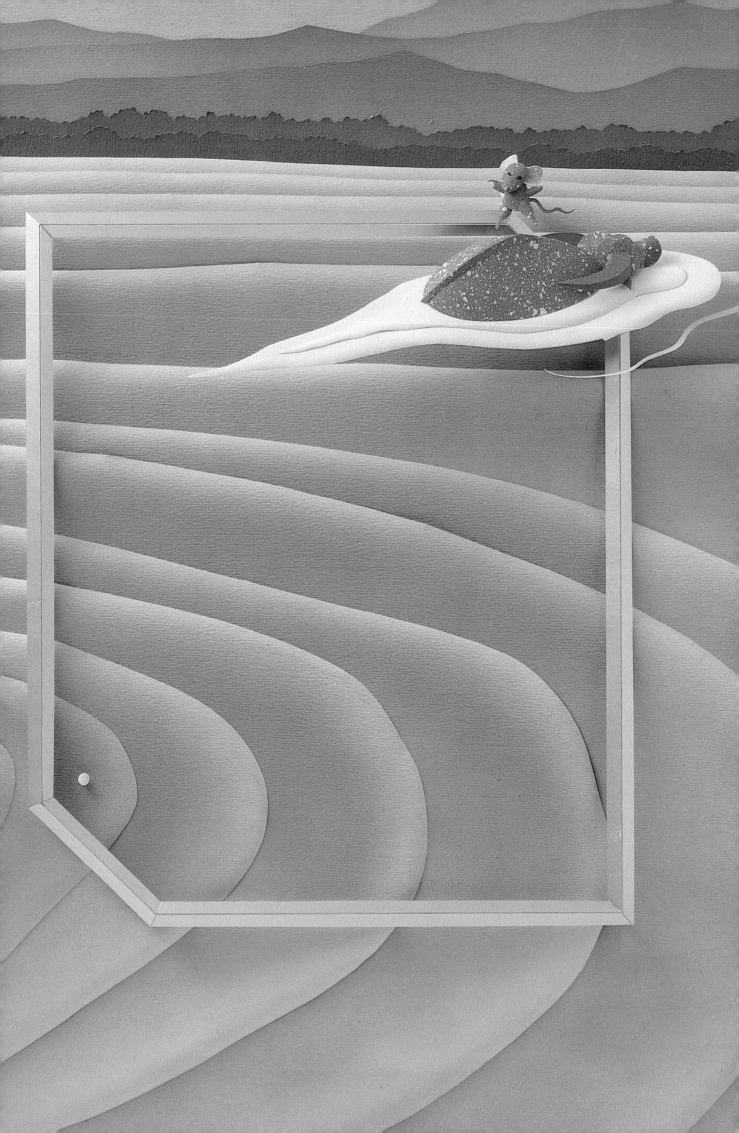

Old Ox paddled straight ahead, not seeing the fight. Just as he finally reached shore, Rat jumped off and raced to the finish line! He gleefully sang, "A rat's body may be small, but we're as clever as the mountains are tall! This is why I've beaten them all! YAHOO!"

Don Buey siguió nadando derecho, sin fijarse en la riña. Casi había llegado a la otra ribera, cuando la Rata saltó y corrió hasta la meta! Alegre cantaba, "¡Tendremos el cuerpo pequeño, pero con lo listas que somos, las ratas movemos montañas! ¡Por eso yo les he ganado a todos! ¡Viva!"

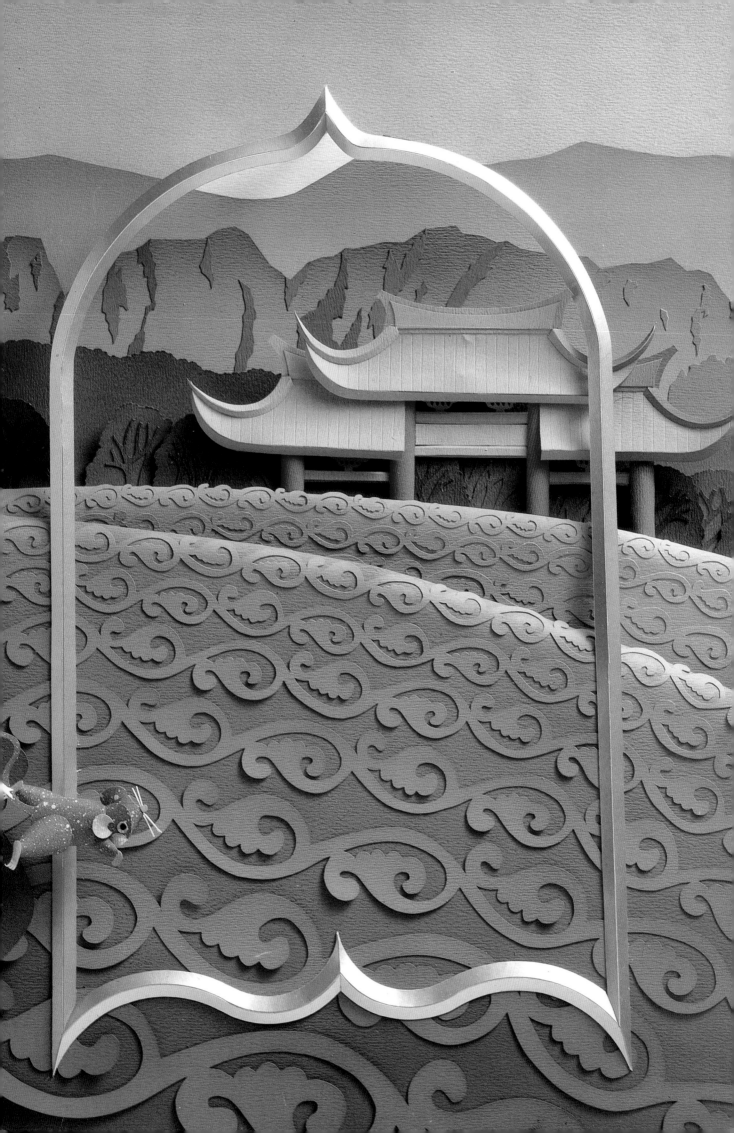

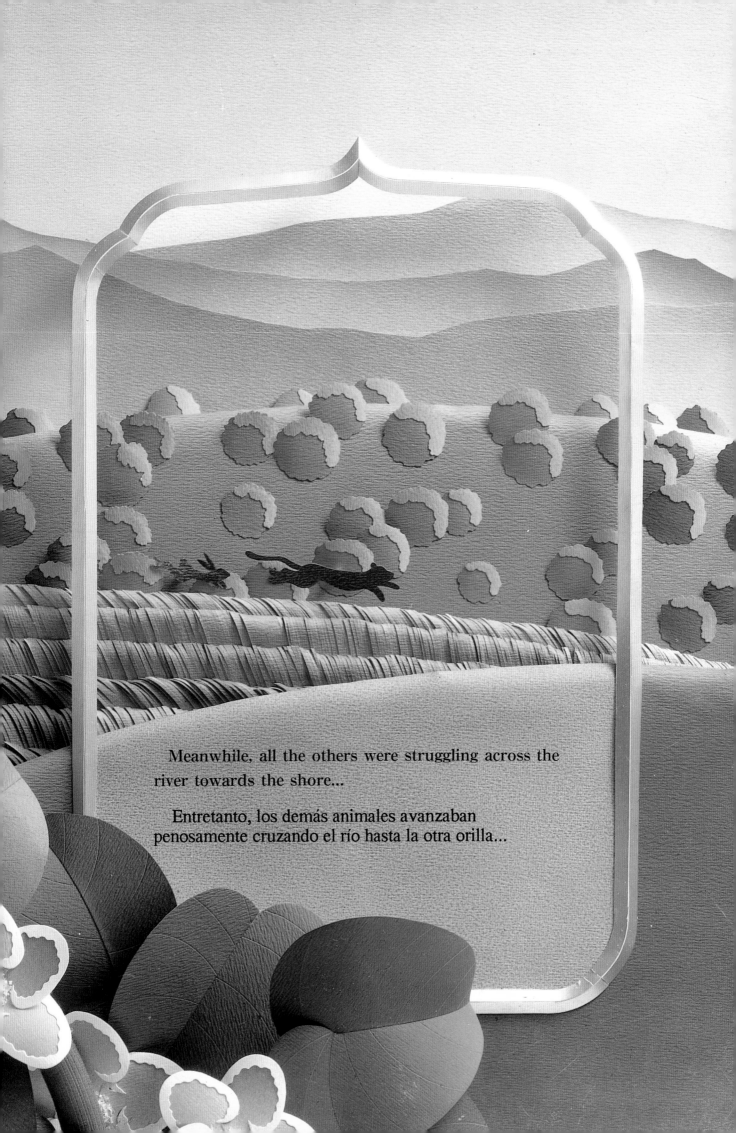

Meanwhile, all the others were struggling across the river towards the shore...

Entretanto, los demás animales avanzaban penosamente cruzando el río hasta la otra orilla...

The Ox quickened his pace, and settled for second place. Tiger sprung forward, his fur soaking wet, and behind him was Rabbit, hopping his best. Dragon stuck out his head from the clouds, roaring, "Here I am!"

El Buey apuró el paso y llegó segundo. Con su pelaje empapado el tigre dió un salto hacia adelante. Detrás suyo brincando llegó el conejo. El Dragón sacó la cabeza por entre las nubes y rugiendo dijo, "¡Aquí estoy yo!"

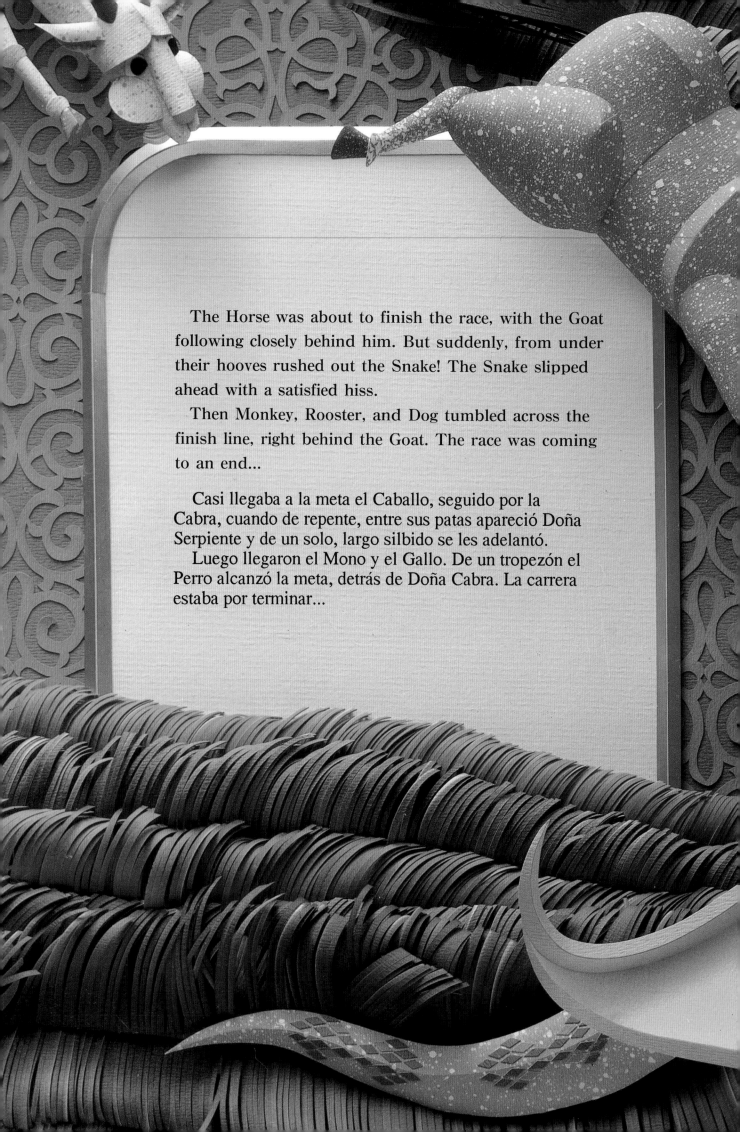

The Horse was about to finish the race, with the Goat following closely behind him. But suddenly, from under their hooves rushed out the Snake! The Snake slipped ahead with a satisfied hiss.

Then Monkey, Rooster, and Dog tumbled across the finish line, right behind the Goat. The race was coming to an end...

Casi llegaba a la meta el Caballo, seguido por la Cabra, cuando de repente, entre sus patas apareció Doña Serpiente y de un solo, largo silbido se les adelantó.

Luego llegaron el Mono y el Gallo. De un tropezón el Perro alcanzó la meta, detrás de Doña Cabra. La carrera estaba por terminar...

The Heavenly God came down to see who had won. He counted them, "Rat, Ox, Tiger, Rabbit, Dragon, Snake, Horse, Goat, Monkey, Rooster, and Dog... Eh? There're only eleven. We're one short."

At that very moment, Pig trotted in with a snort, "I'm starved!"

El Dios de los Cielos bajó para ver quién había ganado. Los contó uno por uno, "Rata, Buey, Tigre, Conejo, Dragón, Serpiente, Caballo, Cabra, Mono, Gallo y Perro... ¡Bah, aquí hay sólo once! Nos falta uno."

En ese mismo instante el Cerdo llegó bufando. "¡Me muero de hambre!", dijo.

All the winning animals were lined up, when the dripping Cat rushed in, shouting, "What place am I?" The Heavenly God said, "I'm sorry, but you're too late. All the places have been filled."

The Cat went mad. He vowed, "You dirty Rat! I shall have no mercy for you!"

Estaban poniendo en fila a los animales ganadores, cuando mojado hasta los huesos entró el Gato. "¿Dónde está mi lugar?", preguntó. El Dios de los Cielos respondió, "Lamento, pero llegas muy tarde. Todos los lugares han sido tomados."

Furioso el Gato juró, "¡Rata inmunda! ¡No habrá piedad para tí!"

From that day on, the Rat was the Cat's sworn enemy. This is why the Rat always hides during the day, coming out only at night -- because his old, old enemy, the Cat, fills him with fright!

De ese día en adelante, la Rata es el enemigo jurado del Gato. Por eso la Rata siempre se oculta de día y sale sólo de noche -- el Gato, su viejo enemigo, la llena de espanto!

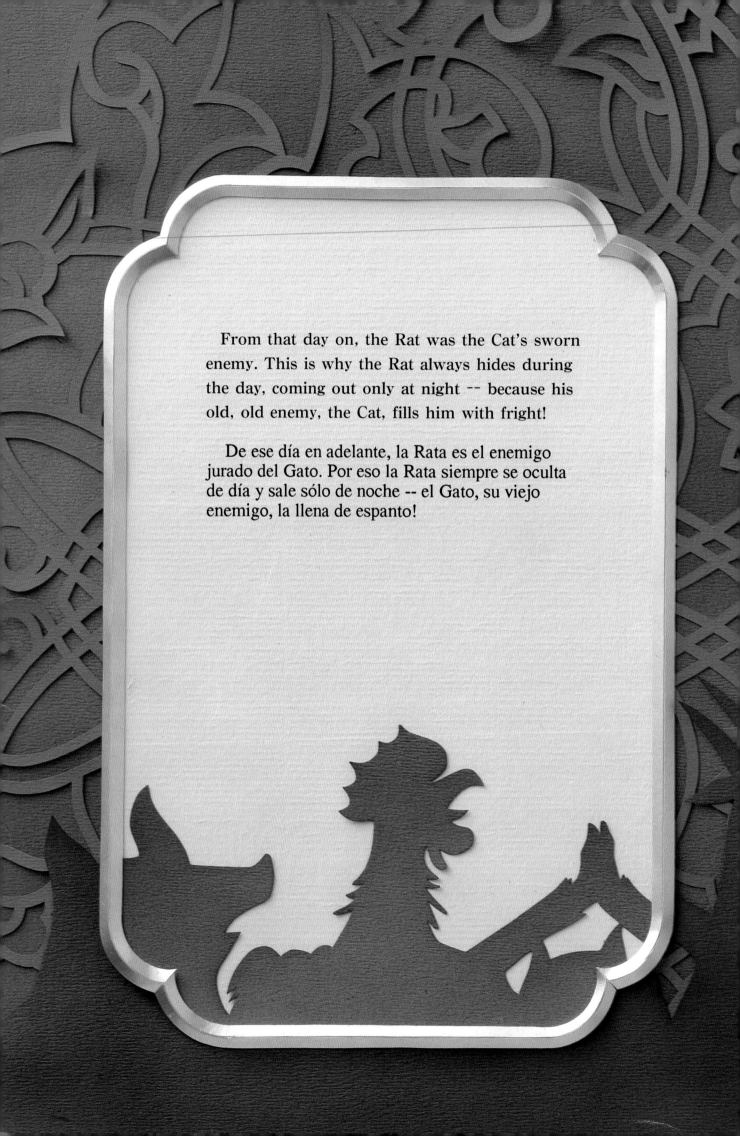

Story of the Chinese Zodiac

English / Spanish

Retold by Monica Chang; Illustrated by Arthur Lee

Spanish translation by Beatriz Zeller

Copyright © 1994 by Yuan-Liou Publishing Co., Ltd.

All rights reserved.

Yuan-Liou Publishing Co., Ltd.,

7F-5, No. 184, Sec. 3, Ding Chou Rd., Taipei, Taiwan, R.O.C.

TEL: (886-2)3651212   FAX:(886-2)3657979

Printed in Taiwan

This edition is distributed exclusively by Pan Asian Publications (USA) Inc.,

29564 Union City Blvd., Union City, California, USA.